夢と希望の路

〜令和世代にこそ日本の春を期して〜

古川 貫太郎
Kantaro Furukawa

文芸社

はじめに

無名、無冠、非才の「風の子貫チャン」、一九三番目の国交つないだ一般人
令和維新の春にグローバル社会と人工頭脳至上時代への対応を目指して
名もなく無一文でも教育が享受でき、議員にもなれる国、国際化に向かう国へと
令和世代が日本の春（改革）をもたらすことを祈念して、これを著す

これは昭和、平成の時代に無名、無冠、非才の一商社マンが、社会の変動や政治経済の激動の波に黙々淡々と従い、家族と共に海外七ヵ国、延べ二十五年間駐在をして異文化にもまれ懸命に生きた、仕事と人生の現実を記録したものである。

元々、人に読まれることを予想して書いてはおらず、お見せするつもりもなかった。ただ過去に幾度も危ない目に遭ったため、書き留めておこうと始めた自己の備忘録だった。

読み返してみると、主に発展途上国で仕事をするという〝道無き道〟で何回も惑い、危

険に出くわしながら一意専心に働き生き抜いてきた爺さん婆さんの歩みになっていた。

私たちは若干古い世代に属する一市民で、平凡なサラリーマン人生を歩んできたが、なぜか行く先々で危険に遭遇する巡り合わせで、その道程はささやかなりに波乱万丈となった。家族、とくに家内の支えのおかげで、色々ある人生を楽しみながら生きている。

そんな体験談を寄稿することで、日本の若者が大志や勇気、ビジョン、人生の夢と目標を得るための傍証となれぬだろうか、と考えた。

この本は自己の過去や名を公表するつもりはなく、自慢や欺瞞《ぎまん》でもなく、ただ事実を感ずるままノンフィクションで記している。

似通った経路をたどった方々がたくさんあったに相違なく、何も特別ではない。きっと多くの方の人生が、このようなことの連続に違いない。頑張ろう！

そんな本書が、どこかで誰かを勇気づける一助となれたら望外の幸せである。

夢と希望の路　目次

はじめに……1

第一章　道無き道を突き進め
～海外駐在を一二〇％楽しむ方法～……8

初仕事、度胸で乗り切れ　8
物事の良し悪しすべてが学びの一環　11
苦言はありがたくもらっておく　13
海外駐在の思い出を家族と共に刻む　16
愚直に励めば評価はおのずと付いてくる　19
スタート地点が不利なほど大逆転のバネになる　21
責任の厳しい立場であればこそ夢を抱く　23
成功の波に乗ったら「次の一手」が大事　26
国際的な社会貢献に喜びを見出す　27

第二章　第二の人生は思い切って未知の世界へ
～南太平洋の島々との絆と国際貢献～……32
「怖い国」は住めば楽園　32
秘境の国。実は素晴らしい国に暮らす幸せに感謝する　34
油断せず自己防衛しつつも冒険してみたほうが楽しい　36
仕事仲間と喜びを分かち合えるのは幸せ　38
誠実に生きることが結局一番強い　41
民間人でも国交に貢献できる　44
第三章　不屈の精神が育った理由
～逆境に負けないＤＮＡは北の大地から～……47
逆境を生き抜く力は幼時から培われる　47
燃え上がる反骨精神ほど力強いものはない　49
狭い世界から飛び出す勇気を持つ　50
世間の厳しさと親のありがたみは人を成長させる　53

不運も「怪我の功名」と思う　54
地道な努力を見ていてくれる人はいる　55
「そこでどのように反応するか」で人生が変わることがある　56
よき伴侶は生きる張り合い　58

第四章　人生には予期せぬ危険がいっぱい
～とにかく生き延びるためのサバイバル術～……61

ダメージを最小限に留める判断を　61
ラッキーのツケは払わされる道理　62
わが身の安全だけはいつどこでも確保すること　64
運を天に任せるしかないときもある　65
戦争は対岸の火事ではない　66
何が何でも命綱をつかむべし　69
知らぬが仏ということもある　71
言うべきときにはハッキリ言うこと　72

第五章　いま多くの人に伝えたいこと
～大志を抱き人生を楽しめばいつまでも若い～　……75
ピンチを力にする「本当の実力」を養う意識を　75
日本人の美徳は世界で通用する　78
若者に期待するからこそ要求レベルも高くなる　79
何歳になっても夢や目標を持ちたいもの　83
「元気の秘訣」は人それぞれ　84
人生は楽しんだ者勝ち　86
おわりに……89

夢と希望の路

～令和世代にこそ日本の春を期して～

第一章　道無き道を突き進め
～海外駐在を一二〇％楽しむ方法～

初仕事、度胸で乗り切れ

私の仕事人生のスタートは、昔の東京オリンピックの二年後（一九六六年）に新卒で入った総合商社である。最初は機械輸出一部プラント輸出課に配属され、やがて海外各地で駐在を歴任した。

私が新卒の頃は、田中角栄首相の「日本列島改造論」がたけなわで、終戦の痛手を乗り越えた日本経済が右肩上りに急成長、海外市場へ打って出ようという時期だった。それと同時に、日本の商社がプラント輸出という仕事を世界で展開し始める〝揺籃期〟にもなっていた。プラント輸出とは、「工場そのものを海外に輸出する」こと。たとえば、海外で発電所や変電所を建設する、通信設備や海水蒸留設備、肥料工場、製油所、セメント工場、製鉄工場などを設立すること等だ。商社は日本経済の牽引役《フロンティア》という立場で海外に進出していった。ここに記載できない秘話も余談も未だ数多くある。

そんな新人時代の出来事である。

「すぐに国際電報を打って一番札を取れ！」

上司に命じられ、商業電報を手に会社を飛び出し、東京中央郵便局へ走った。当時ファックスやテレックス、電子メールはない。昔の東パキスタン（現バングラデシュ）宛に国際電報を打って、硫安（化学肥料の硫酸アンモニウム）製造工場の国際入札に応じた。するとと運よく一番札を取り、受注できた。先輩の指導があったとはいえ、学卒直後の新入社員がいきなり数十億円の仕事を獲得できて、一番驚いたのは当の本人だった。

「こんな具合にプラント商談というものは実現するのか！」

会社では小さな仕事だったが、新人の私に数十億円は夢の数字だ。忘れられない大きな手ごたえになった。

またこんなこともあった。課長が通勤電車の中で読んだ『エコノミスト』誌の記事から、インドでの肥料プラント案件の記事を見つけた。それに制度金融を抱き合わせて、六十億

円の仕事を受注した。若造だった自分は未熟で無知蒙昧ながら、

「国際商談をそんな具合に見つけて、受注できるものなのか！」

という現実を知ってビックリすると同時に、俄然やる気が湧いた。とはいえ後日、その商談のために来日したインド人がゾロゾロと本社へやってきたときは大変だった。

「議事録記録係として一緒に来い！」

上司の一声で会議室に呼ばれたが、まだ英語に不慣れでインドなまりの分かりづらい英語に苦労した。記録どころかほとんど聞きとることもできず、その上司から一喝食らった。ただしそれは、上司にしてみれば想定内の出来事で、私に未熟を知らしめたかったがための指令だった。今振り返っても、とてもいい経験になった。

「英語も国によって違う。多少自分の英語が下手で、変でも構わないのだ。口頭でも文章でも、まず対話ができて、意思疎通をはかれることが肝心なんだ！」

そんな妙な自信がついたことが、やがて海外駐在へ出るにあたって大いに役立った。

物事の良し悪しすべてが学びの一環

前述どおり入社早々、インドの肥料プラント輸出契約の手伝いをした。自分が見積もりして受注した東パキスタン向け硫安プラントの輸出も手がけた。

台湾向け肥料プラントの仕事では、商売がたきの他社を、職場の先輩たちが高橋課長の名前から取った暗号の〝ハチ〟とひそかに称した。国際電報に「ハチを叩け」などと書いては、その暗号電報を承認する課長本人を困らせて喜んでいた。私はそれを驚きの眼差しで眺めながら、そんな〝猛者〟揃いの先輩たちに鍛えられ、仕事を覚えていった。

新人の頃は日夜、多忙を極めた。先輩の手伝い仕事のほかに、商用で来る外国人の出迎えや案内なども新人の役目だ。プラント契約の商談でインド人一行が来日したときには、奥さんへの土産を買いたいと銀座の三越デパートへ連れ回され、女性店員に女性用の下着のサイズや色柄の希望を伝えさせられ、値引き交渉までするはめになった。

退社後は毎晩のように課長、課長代理などから酒を飲まされ、訓示を聞いた。

「青は藍より出でて藍より青し。梅檀《せんだん》は双葉より芳《かんば》し」「百里の道は九十九里を以《もっ》て半ばとせよ」「勝って兜《かぶと》の緒をしめよ」「罪を憎んで人を憎まず」等々、訓示の数々はまだ覚えている。

台風の夜に床上浸水した課長の家の片づけを手伝いに行き、一丁羅の背広を雨水でグチョグチョに濡らして重いピアノまで運んだ。そんな日々の特訓と独身寮の生活は、会社の仕事とはまた一味違う新たな学びの連続だった。家の片づけを手伝った課長は後年、役員になってもそのことを忘れず、事業投資先責任者への任命など、何かと力になってくれた。

もちろん万事が順風満帆でもない。あるとき「為替は放置してよい」と先輩から言われて従ったら、突然英ポンドが大幅下降。なぜか私が為替予約失念の始末書を書かされた。難しい上司もいるにはいた。正義感の強い性分がアダとなり要らぬ損もした。それでも多くの素晴らしい上司や同僚に恵まれ思う存分働くことができた。公平で素晴らしい社員が集まる良い企業だった。これが私の人生の大きな支えとなった事実を実感してならない。

苦言はありがたくもらっておく

本社で二年過ごした後に大阪支社へ転勤となり、その二年後の一九七一年夏、初めて海外駐在員（機械部長）として中東のクウェートに赴任した。

着任早々、クウェートで一番の土木会社（Civil engineering company）を訪問したら、アラブ人の社長から予想外に厳しい言葉をかけられた。

「日本人ビジネスマンには七つ欠点がある。日本人とは仕事をしないよ」

これが、青二才であった自分には痛烈なショックだった。

第1の欠点　日本人はここへ来た明日には、同じ要件で別の店へ平気で行く。

第2の欠点　日本人はまるで捜査官の聞き込みのごとく、細かく質問してはメモを取る。

第3の欠点　ユダヤ人も質問をドンドンするが、日本人はそれ以上に嫌なことも遠慮なしに聞きまくる。しかも、見返りなしだ。

第4の欠点　日本人は英語がまずい上に不躾《ぶしつけ》な質問が多く、礼儀をわきまえていない。

第5の欠点　日本人は即答でイエスやノーを言わず、「本社に聞いて返事する」と逃げる。
第6の欠点　日本人は安物の土産（ペンや団扇《うちわ》）しか持ってこないのに、大きな質問をする。グローバルビジネスの世界はギブアンドテイク、大きな成果が欲しくば相応の対価が必要というルールを知らぬ。
第7の欠点　日本人は単独では来ず、いつも数人でやってくる。

この歯に衣着せぬ苦言を聞いて、思ったことは、

「競争激しい日本のビジネスは、苦労なしに砂漠から石油が噴き出し、オイルマネーの恩恵だけで大金持ちになった彼らには、理解及ばぬ世界なんだ」

そんな内心の反駁《はんばく》もあったが、それを相手に言っても何の意味もなさない。耳の痛い言い分だがありがたい助言と肝に銘じ、それからは腹を割ってアラブ人と付き合うことにした。

この助言をくれたアルカラフ社長とは、その後仲よしになり、たくさんのプラント基礎工事をやってもらった。彼曰《いわ》く、「日本人でも、お前は例外だ」とのことであった。

イタリアの高級車アルファロメオの輸入代理店社長だったアミン氏とも親しくなった。私と家内はよく彼の自宅へ遊びに行っては、夕食を共にして楽しんだ。通常、奥さんはこういう席には絶対来ないのがモスレム社会。だが、ご主人が外車の代理店経営という仕事柄、エジプト美人の奥さんも垢抜けていてメチャクチャ楽しい良い人だった。仲よしのムタワや奥さんも一緒に、禁酒国ながらスコッチウイスキーを痛飲し、太鼓《たいこ》や銅鑼《どら》を叩いて踊りながら夜更けまでドンチャン騒ぎをした。

「我々砂漠の民は、石油というアラーの神のご加護で突然豊かになったが、水も緑もないため人間が乾いている。日本人はその点歴史があり、人柄も優しく、羨ましい」

そんなことを、酒に酔った彼らは言っていたが、本音だろう。酒を飲み尽くすと、日頃懇意にしている高官の家を訪ねた。税関で没収したジョニーウオーカーがあり、カートンごと買って帰って、それでまた酒盛りをした。

あるときアラビア石油の所長から、こんな日本観を聞かされたことがある。

「世界のリーダーはやはり、大戦を経験した民族だね。とくに二度の世界大戦における欧米と日本は、強くて優秀だった。大戦当時、無線や暗号など先端技術を駆使して頭脳戦を繰り広げたが、今でも世界のトップレベルだ」

やや暴論とはいえ、真理を突いているかもしれないと思った。

海外駐在の思い出を家族と共に刻む

初めて海外駐在に出たのは入社四年目、二十七歳のときだった。外国のことも英語もよく知らない駆けだしで、元気の塊ではあるが、あらゆる面で未熟者だったと思う。

クウェート行きを命じられたときは結婚二年目で、家内が第二子の出産間近。会社の規定で〝慣れるまで半年間は単身赴任〟というルールがあったため、ひとまず自分一人で先に赴任し、家内は実家で出産後、半年遅れて子供連れでクウェートに来てくれた。

そのときのことは忘れられない。空港へ迎えに行ったら予定のフライトに家内たちが乗っていなかった。非常に心配しながら、しかたなく自宅に引き返したときの気持ちといったら言葉にならない。それが何とあくる日の早朝四時に、家の玄関のベルが鳴った。

「来たのよ！」

突然現れた家内の明るい笑顔、家内に手を引かれた幼い長男の嬉しげな顔、家内に背負われた赤ん坊の長女のあどけない顔……。あの驚きと感激は、到底言い尽くせない。

この行き違いは、私に相談も連絡もなく、ただよかれと思って、経由地タイのバンコクで家内たちのフライトを勝手に変えた現地駐在員が原因だった。家内たちは、変更後の飛行機でたまたま会った他社の駐在員が私の家を知っていて、その人に送り届けてもらえて命拾いをした。万一クウェートの空港から何も知らずにタクシーにでも乗っていたら、途中で暴行され砂漠に捨てられていたかもしれない。何事もなくて本当によかった！　そんな危険があったのに、フライト変更をなぜ知らせてくれなかったのか今も怒りを覚える。

私と家内は社内結婚である。夫婦で国内外を〝流浪の民〟さながら頻繁に行き来した。転勤の連続で、近所の人もよくご存知だと思うが、引っ越しは三十七回を数える。

聞くところによると、最近では商社や外務省といった海外と縁の深い職種でも、海外転勤の打診を断ったり、転勤辞令を理由に退職したりする人がいるようだ。いわゆる発展途上国への転勤が決まって、奥さんに離婚されたというケースもあるらしい。

私も家内もごく普通の家庭に生まれ育ったが、家内は商社の仕事をよく理解して、海外転勤にもこだわりなくついてきてくれた。夫婦で助け合って頑張ってきたからこそ、私も仕事人生を全力で走り抜けて来られたと感謝しきりである。異文化の中で暮らすという経験は、自己を鍛え、友人を作り、数多くの物事に開眼でき、夢を育ててくれる。

クウェートで住んだ家は、海に近い外国人向け住宅カリッドゼイードというアパートメントの二階にあった。当時のあどけなかったわが子の姿が懐かしい絵のように思い出せる。子供が現地の日本人学校に通い始め、近所に住んでいた外国人ファミリーとも親しくなった。私が出張で不在時に子供が急病になった際、タクシーを使うと危険なため近隣の人が助けてくれた。その頃に親しくなった方々との交流は現在も続いている。

喜ばしいことに、クウェートで第三子の次男が生まれた。そのときは、

「マブルーク（おめでとう）！」

アリアワド産婦人科の看護婦さんから祝福の言葉をもらって嬉しかった。私は味噌汁とおむすびを作って病院に持参し、出産を終えベッドに休む家内を心から「お疲れさん」と労った。一九七五年に四年間の任期を終えて帰国した際には、現地生まれの次男を含む家族五人で元気に日本の土を踏むことができた。

愚直に励めば評価はおのずと付いてくる

クウェートでは我ながらよく働いた。アラビア湾岸を股にかけて元気に飛び回る日々だった。

当時湾岸に所在する日本の商社の駐在員事務所は、各社ともクウェートかベイルートにしかない。二、三名の駐在員で周辺十数ヵ国の仕事もカバーし、超多忙だった。

私もかなり忙しい毎日だった。日本の本社では十部門に分かれて行う機械関連の仕事を、アラビア湾岸の十数ヵ国向けに一人で担当した。その頃に契約した仕事は、飛行機、製油所、発電所、変電所、タンカー、衛星通信地上局、マイクロウエーブ通信システム、電話局、肥料プラント、セメント工場、製鉄工場等々、多岐にわたる。燃料部門の現地駐在員がいない代わりに、石油やガスの仕事も兼任した。

昔は国際入札があると、「必ず一番か二番札を取れ」と言われた。私もできる限り一番札を取って受注した。カタールでの肥料プラントの引き合いでは、飛び込みで顧客社長と面談するチャンスをつかみ事業計画をいち早く知ることができた。その結果、幸運にも一番札を取る機会に恵まれ、その日中に投資計画が確定した。

発電所の案件では競合先がドイツのメーカーで、事もあろうに電力省の大臣兼務という相手と競争入札することになり、勝ち取るために奮闘、もちろん成功させた。カタールのドーハで肥料プラントと発電所の受注、アラブ首長国連邦のドバイで発電所の受注、同国のアブダビで製油所を受注した後、そのプラント建設に伴い、新たにドーハ、アブダビ、ドバイの三ヵ所で支店を開設した。

当時の秘話は数多くある。クウェートの石油省にも出入りしてワハブ次官と懇意になり、日本初の中東におけるＤＤ原油取引（国際石油資本《メジャー》を通さず産油国と直接取引して原油を購入すること）を成立させたときには、独断で石油省に手紙を書いたため、本社の石油部から「やり過ぎるな」と小言を食らった。仕事で湾岸各国を頻繁に飛び回り、クウェートの自宅にいられたのは月の半分程度。あとの半分は出張の連続だった。

「お前はほとんど事務所にいないが、とてつもない大きな仕事をいつの間にかまとめていて、実にアグレッシブ（行動的）な日本人だ」

仕事相手のアラブ人たちからは感心され、日本の上司や同僚からの評判も、

「オメー、やるじゃねーか！」

クウェート駐在四年の間に周辺諸国への出張があまりにも多く、出入国のたびにパスポートのページ一杯に大きなスタンプをバーンと押され、すぐ空白のページがなくなった。新しい冊子をもらって増補し、最終的には七冊の合冊になった。すると、あるときロンドンのヒースロー空港で、入国審査の小窓からその分厚いパスポートが入らなかった。

「何だこれは。お前は団体ツアーのガイドか？」

入国審査官がそう言って首をかしげながらドアを開け、わざわざ受け取りに出てきた！

スタート地点が不利なほど大逆転のバネになる

クウェートでの経験を買われ、一九八四年に再びサウジアラビアへ三年間送られた。

「アラビア語研修生でもないし、希望もしていないのに、二度も中東とはあんまりだ」

さすがにそのときは、会社に文句を言った。たしかに気の毒だと思われたらしく、サウジの任務を終えた後は、カナダ本社に副社長として六年間送り込まれた。ところが、そこは当時、世界十九独立法人のうち下から二番目の業績という不名誉に甘んじていた。

「君にはその現状を変える仕事をしてもらいたい。機械部門は本社の半分を稼いでいるのだから、それと同様に頑張って黒字経営にしてほしい」
というプレッシャーを受けて着任することになり、またも逆境からのスタートに奮起した。ここに六年いた間に、機械部のバックアップもあって数百万ドルの純利益が確保され、独立法人の第二位に返り咲くことができた。懐かしいのは某メーカーと共にカナダ航空企業向けに航空機生産ラインの契約を受注し、そこから両社の技術提携が決まったことだ。その社長ご夫妻が来訪されナイヤガラを案内した道中、互いの仕事の話をして「君は戦友だ」と言われたことは忘れられない。

　カナダ勤務中に一番華々しかったのは、冬にオタワの総督府（カナダはイギリス連邦《コモンウェルス》のため英国女王が総督を任命する）を訪問した際、正門前から長い雪道を歩いて玄関に着くと、列をなした衛兵の軍楽隊が華麗なラッパのファンファーレを吹いて迎えてくれたことである。

　一番スリルがあったのは、カミーという会社での会議に出るため、豪雪の朝、ほぼ一車線規制だった四〇一号線のハイウェイを延々二百キロも運転したことだ。絶えまなく降る雪と、大型トラックの蹴散らす塩水交じりの雪煙に包まれて視界不良、道路標識も全く見えず、無事たどり着けるか不安になりながら二時間半かけてどうにか着いた。

だが、ほかの参加者の車が来る途中の雪道の窪みで横転し、ハイウェイパトロールに事情を聞かれたとかで会議が遅れた。やっと帰路につけたのはもう夜で、朝のドライブよりさらに恐怖だった。曲がりくねる道、白いテープのように連続する降雪が視界を遮り、深い雪でタイヤが滑って車ごとどこかへ落ちていってしまいそう……。暗闇迫る中必死に目を凝らし、ハンドルを固く握って車を走らせ、無事帰宅できた安堵感は忘れられない。

責任の厳しい立場であればこそ夢を抱く

カナダからの帰国後、今度は福島支店長の辞令を受けた。しかし、その翌週に次期インド支店長が癌になって入院し、急遽、私がインド支店長に転じた。それと前後して大事な父を一九九六年六月二十日に八十歳で喪った。父の葬儀の四日後に慌ただしくインドへ家内と赴任したが、東京勤務はわずか二ヵ月間足らずという異常事態だった。

インドも凄かった。道路はデコボコで人があふれ、そこかしこに牛が歩いていて、牛車だの自転車だの輸送トラックだのが激しく行き交っていた。しかも、そのすき間を縫ってタクシーが猛然とつっ走っていく。その恐ろしさに何度もヒヤッとさせられた。

インド支店の玄関を初めて見たとき、その外観のひどさに驚愕した。私は大型案件を受注したのを契機に、本社へ働きかけて支店を新しいビルに転居させた。それと同時に、「Challenge to Target, Keep Smile & Clean」（目標にチャレンジせよ、いつも笑顔で清潔に）という標語を掲げた、清潔で明るいオフィスに作り変えた。

新しいオフィスでの仕事は上々で、着任当初は年商三十億円だったが、二百五十億円へと引き上げた。東洋エンジニアリングとのエチレン工場、インド政府の揚水発電向け発電所、博物館向け東芝モニター施設、タタ・スチール社向け製鉄プラントなど、インドで手がけた仕事はどれも思い出深い。

何より嬉しかったのは、苦労して自分で受注したTPA（高純度テレフタル酸）プラントの土木技師《シビルエンジニア》を、学卒後入社三年目の私の長男が任されたことである。実はこの案件は、私の着任前に某社への発注が決定済み。にもかかわらず、着任翌日に顧客の社長を訪問し、

「あんたに何ができる?」

と言われながら、再検討を直談判した。

「製品を全部買い取る。原料のナフサは中東から安く入れる。製造プラントは同じ値段で引き受ける」

「本当か⁉」

そう口約束してからが大仕事だった。詳細は割愛するが、本社ほかと大至急交渉して一週間で話をまとめ、めでたく当社で受注を勝ち取った。

インド支店長を一九九六年から一九九九年まで三年務めた間に、ジョティバス州政府首相、ＷＢＩＤＣ（西ベンガル工業開発公社）のチャタジー総裁やパトラ総裁、日本の某総領事らと良好な関係を築き、それが仕事を助けてくれた。私は仕事のかたわら日本人会会長、商工会議所議員ベンガル商工会議所評議員、日印福祉協会会長、日本人学校長も兼務した。

そんな関係で、インドではテレビや新聞などで私のことが何度か紹介された。

あるとき、若い女性の新聞記者が取材にみえた。

「貴方が一番大事にしているものは何ですか？」

という質問をインタビューの最後に受けて、どう答えるべきか迷った。

「それは物ですか、或いは平和とか、家庭とか、安全？」

こちらから質問を返すと、

「いいえ、何でもいいんですよ」

「だったら……僕は夢ですね」

すると、記者は驚いて目を大きく見開き、笑顔になった。翌日の新聞一面には、大きな見出しで「日本の大企業のジェネラルマネジャー、宝物は夢！」と書かれていた。

成功の波に乗ったら「次の一手」が大事

インドからの帰国と同時に、シンガポールの事業投資先子会社の社長となり、赤字経営の建て直しに全力を尽くした。シンガポールは小さな島国ながら、国内経済が順調で、当時は国家プロジェクトで地下鉄、発電所、蒸留プラント、化学プラント、電子工業工場、アパート、住宅、商店街などの新規建設ラッシュだった。建設機械市場は有力十社に占有されていたが、そこに分け入って商圏と利益の拡大に努めた。一年後には、会社発足当初から長年引きずっていた数億円の累積赤字を解消できた。その翌年には黒字に転換、さらに初の配当金を出すに至り、ＩＳＯ―９０００の認証も取得した。

その勢いで、本社が過去の失敗を理由にしり込みするのを押し切り、シンガポール人の優秀・猛烈な副社長と共に頑張って隣国マレーシアに新会社を設立、同社の社長も兼務し、翌年にはこれも黒字経営の軌道に乗せた。この時期の痛恨事は、優しい母を父と同じ八十歳で亡くしたことだったが、悲しみを振り払って仕事に邁進した。

そんな三年間のシンガポール勤務を終えて帰国後、会社の同期の仲間が開いてくれた歓迎会でつい飲みすぎ、酔った拍子に眼の上を七針も縫う大怪我をした。それが回復した頃、瞼のできもので眼科にかかり、診察の女医から恐ろしいことを聞いた。

「その傷はどうしましたか。一センチ近い深い傷で、よく大丈夫でしたね。ホンの少しずれていたら失明か、植物人間になったかもわからぬ場所ですよ」

深酒は控えよう……。そう肝に銘じた出来事だった。

国際的な社会貢献に喜びを見出す

シンガポール勤務を終えて帰国後、合弁先会社の利益管理に異存があったことから、「次は上海社長に」との話を蹴って退職し、転職した。

いくつかの会社に短期間籍を置いたのち、ある会社の要請を受け、派遣されたのが再び中東のオマーンだった。日本のエンジニア会社が受注したＬＮＧ（液化天然ガス）プラントの建設に付随した、ＣＳＲ（企業の社会貢献）に関わる国家プロジェクトの責任者(Sustainable Development Manager)として三年間単身赴任したのである。

歴史的に〝海のシルクロード〟の中継地だったオマーンはイランの隣国で、現代でも石油関連の重要な拠点であり、その防衛のためホルムズ海峡に面したムサンダム島の海底には、米国の対空ミサイルが設置されている。日本が輸入する石油の九割もがここを通っている。

そんな国での私の仕事は、ＬＮＧプラント建設との抱き合わせで〝オーマニゼーション(Omanisation)〟と呼ばれる国王悲願の国家プロジェクトを推進すること、すなわち〝オマーンの国造り〟に携わることだった。

国王からの要望は、「今は豊かな産油国だが、将来石油が枯渇しても国民が生きていけるように、若者に対して職業訓練を行ってもらいたい」というものだった。私は総合商社勤務時代の経験を買われ、システム作りからプロジェクト全体のとりまとめを任された。

そこで私はまず、システムの基盤となる五つのプランを発案した。その内容とは

①プラント建設現場のカルハット地区に在住する若者を優先的に受け入れ育成する

②オマーン政府が各種訓練生のための養成所を提供する
③そこで四～五ヵ月の職業訓練を行う
④試験に合格した訓練生をプラント建設現場に派遣し、電気、機械、計装、塗装など職種ごとに専門企業《サブコン》の専門実習をさせる
⑤そこで実技習得が認められた者には資格証明書を発行し、専門企業に推薦、最終雇用につなぐ

——という五つのステップを踏むものであった。

プランの策定後は、システムを軌道に乗せるために奔走した。私はオマーン政府の労働省にかけあい訓練校を設立させ、各分野の先生を招聘した。三年間の建設期間中を活用して海外資本のプラント建設に従事する労働者を一人前に育てるべく、若い未訓練技術者三千七百人に対して機械工、電気工、塗装工、配管工等になるために必要な職業訓練を行った。訓練生は建設現場での実習を経たのち、プラント施工の下請会社に雇用させる計画である。

ところが、六千億円のプラント建設代金の支払いは、建設工事と職業訓練の進捗を抱き合わせた出来高払いになっていたため、非常に苦労した。両方が計画通り進まない限り、

十回分割の一回分、六百億円ずつの費用の支払いがストップしてしまう。

思わぬトラブルは続出した。日中の気温が五〇℃以上になる現場での実習に音を上げ、不真面目な者や、逃げ出す者がいた。現場から訓練生が逃亡するたびに、埋め合わせる人材の確保と再訓練に追われた。訓練生から「食事がひどい」と労働省へじかに訴えられた。訓練生の父兄からも「給料が悪い」と責められ、私が「Imbecile stupid（ばかな）」と思わず口にしたことで警察に訴えられた。このため国外渡航禁止、年数回の一時帰国が差し止められる事態にまでなり、その収拾のためまた奔走した。下請け側がトラブルを避けたくて訓練生の受け入れに逃げ腰で、最終的な雇用確保にも苦労した。

そんな幾多の困難もあったが、三年計画は着々と進み、訓練校から熟練工たちが立派に巣立った。私の任務が完了した際には、オマーンの国造りに貢献したとして、カブース国王から功労賞と感謝状を賜る栄誉に浴した。

オマーンの任務を終えて帰国したとき、この仕事でプラント設計を手がけた日本のエンジニアリング会社の社長からも功労賞を贈られた。このＬＮＧプラント関連の六千億円の受注と、それが純利益九百億円の大幅黒字を達成したことで、会社の経営に多大な貢献をしたそうだ。その縁で請われ、そのまま本社に五年間勤務することになった。

その後は、中東カタールにおけるテクニップ社との合弁ＬＮＧプロジェクトのビジネスマネジャーとして二〇〇五年から二〇〇八年まで勤めた。

このように、私の仕事は〝浮き草人生〟そのものである。海外各国を転々として苦労もあったが、その代わりに自分の手がけたプラント設備や合弁企業が世界中でランドマーク（記念碑）のように存在していることが、男冥利に尽きると感じている。

第二章　第二の人生は思い切って未知の世界へ
～南太平洋の島々との絆と国際貢献～

「怖い国」は住めば楽園

六十一歳になった頃、「もう還暦を超えたことだし、サラリーマン人生もそろそろお終いにしよう」と考えた。そんなある日、通勤電車の中で、ＪＩＣＡ（国際協力機構）のシニアボランティア募集の中吊り広告に目が止まった。

「これだ！　できれば南の島で、これからは家内とノンビリしよう！」

などと思って応募し、試験を受けた。試験内容は英語と論文、書類審査、面接で、二〇〇七年十月、運よく合格通知をもらった。貿易分野の応募者五百人中、合格者はたった十名、九十倍の競争率だったという。そして決まった赴任先は、南太平洋の国パプアニューギニアである。私の駐在した七ヵ国の中で、おそらく最も日本人が行かない国であろう。
私はパプアニューギニア政府の通産省・商工省傘下、投資促進庁の上級技術顧問（Senior Technical Advisor）として赴任することになった。ＪＩＣＡの規定で配偶者も同伴でき、「サラリーマン人生はこれで完了した！」と、家内と二人で大いに喜んだ。

だがその後、「パプアニューギニアは〝首狩り族の国〟だよ！」「あの国は危険が一杯らしいね！」という危ない噂ばかりを知人から聞かされた家内は、出発が近づくにつれて、不安で顔色がピンクから青色に変化していった……。

いよいよ赴任となり、日本を発った飛行機がパプアニューギニア上空にさしかかると、青く美しい海原が眼下に輝いていた。色とりどりの南国の花々が緑の岸辺に咲き広がり、色彩鮮やかな民家が目に飛び込んで来る頃には、数多《あまた》の心配事が霧のように消えていった。

飛行機を降りて空港ターミナルに入るや否や、現地係員、乗客、迎えの人々、地元の人たちの明るい笑顔に接し、温かなウェルカム（歓迎）の言葉をもらった。聞いていた話とはだいぶ違う、良いところかもしれないと直感した。

空港から町へと向かう通りは、太陽が燦々と降り注ぎ、決して豊かではない町並みながら活気にあふれていた。地元の人たちが明るい顔で自由に闊歩している姿を見て、〝色々言われてきたが、果たしてその通りかは暮らしてみないとわからないな〟と思った。いつも外地に赴くと実感するのは、地元の人の明るさと希望に満ちた笑顔の素晴らしさである。

それにしても、よりによって、パプアニューギニアへ行くとは思わなかった。幼かった長女がヤンチャをするたびに、「パプアニューギニアへお嫁にやるぞ」とからかっていたので、これはある意味、天罰か？　ともフト思ったりした。だが現実には、これを機に、実に愉快で充実した新しい人生が開けたのである。

秘境の国。実は素晴らしい国に暮らす幸せに感謝する

「地上最後の秘境」パプアニューギニアまでは、日本から飛行機で六時間の距離だ。オーストラリアのダーウィンの北、赤道のすぐ南、インドネシアのニューギニア島のイリアンジャヤと二分した東側半分の島ながら、国土の広さは日本の一・三倍。人口は七百万人で、八百以上の人種と固有の言語がある国だ。公用語は英語。国民の九〇％以上がキリスト教徒だという。島のあちこちにハイビスカス、ブーゲンビリア、ゴールデンシャワーなどカ

ラフルな南方の花々が咲き乱れ、バナナ、マンゴー、ココナッツ、パンの木が実っている。パプアでは二年間、首都ポートモレスビーの海辺沿いに建つマンションの六階に住んだ。

仕事のない週末には必ずゴルフか、大好きな海へシュノーケリングに出かけて過ごした。パプアの自然を満喫するには、透明度がとても高い海で遊ぶといい。ダイバーやサーファーのメッカだが、紺碧の美しい海には天然のサンゴ礁やトロピカルフィッシュが生息し、シュノーケリングも楽しい。綺麗な長い尾の極楽鳥（Bird of Paradise）や緑のカワセミ（King Fisher）など野鳥のパラダイスでもあり、バードウオッチングが堪能できる。

山歩きもお勧めで、標高四千五百メートルのウイルヘルム山へ登ってもよし、山の尾根伝いに歩くココダトレイルも人気だ。ココダトレイルは山小屋などに泊まりながら約一週間かけて山谷を百キロも歩くトレッキングルートである。

そのトレイルのあるバリラタ高原に、在パプア日本大使館の日本大使ご夫妻達とピクニックに出かけた。標高約三百メートルの高原には滝水を利用した水力発電所があったが、そこは太平洋戦争末期に日本軍が死闘した激戦地だったそうだ。首都ポートモレスビーまであと五十キロ、車で走れば約一時間の距離まで肉薄しながら、敵軍に押し返されて多くの日本兵が命を散らした。その無念はいかばかりだったかと思う。山本五十六連合艦隊司令長官もパプアのラバウル基地から偵察飛行に出て撃墜……そんなことも記憶に残る。

そんな悲しい過去はいざ知らず、明るい日差しの下、高山植物の花が美しく咲いていた。

油断せず自己防衛しつつも冒険してみたほうが楽しい

一見のどかなパプアニューギニアでも、「一人歩きは禁物」と強く警告された。ラスカルと呼ばれる盗賊グループがいて、油断すれば物を盗られたり、襲われたりするらしい。だが、しばらく暮らしてみて、「自己管理がキチンとしていれば問題なし」と思うに至った。考えてみれば、油断が危険を呼び込むのは、東京だろうがニューヨークだろうが同じだ。安全とは言い切れない幾つもの国へ行った経験上、外国での暮らしや旅では注意を払って行動する癖がついていたためか、パプアで一度も危険な目に遭わなかった。

ところが、家内は村落の婦人会で仲よしになったパプア人家庭に一人で出かけ、よく私を困らせた。一人歩きは危ないと言われるこの地でも、地元の人々は実に人なつっこく親日的で、家内にはたくさん仲よしの友達ができた。

怖いもの知らずの家内は、私が仕事で不在の平日に、平気で一人で車を運転してスーパーへ買い物に行く。そんなある日、通りの真ん中で車のタイヤがパンクした！

こんなとき車外へ出るのは危険だから絶対にダメで、すぐＪＩＣＡの現地事務所に連絡して助けを呼ぶことになっていた。しかし、このパンクが交通の激しいロータリーのど真ん中で起きたものだから、家内はとても慌てて、つい車の外に飛び出してしまった。

すると、その場に居合わせたパプア人たちが大勢集まってきて家内を取り囲み、

「Oh, flat tire!　Are you Japanese? OK, Let us help to fix for you!!」

（タイヤがパンクしたのか！　日本人かい？　オーケー、直すのを手伝ってあげるよ!!）

そう言って、何人かですぐにタイヤの修理をしてくれたという。

急を聞いてＪＩＣＡの係員が駆けつけたときには、もう全てが終了後で、家内はニコニコ、係員は真っ青。後で私は事務所から再度、注意された。

そんな家内は、今でも現地通貨のキナ（Kina）を大事に持っていて、

「そのうちまたパプアに行きましょうね」

と言っている。現地で仲よくしていたパプア人、オーストラリア人、欧米人から時折思い出したように電子メールでメッセージが入り、再会の約束をしているのである。

人間の縁とは実に楽しいものだ。唯一気がかりは、私たち夫婦はこれまで外地勤務が長く外国人との関わりが多いのに比べて、日本人との結びつきがそれほど多くないこと。しかしその分、お付き合いのある人とは深みが大きいと思う。

仕事仲間と喜びを分かち合えるのは幸せ

人生とは何と不思議なのだろう。ＪＩＣＡに転出するに当たり、

「これでもう会社という世界とは縁が切れて、本当に新たな人生が始まる」

そう思って家内と南太平洋でノンビリ過ごすつもりだったが、そうは問屋が卸さなかった。現地の生活を楽しめた一方で、仕事のほうは着任早々から連日多忙、ノンビリとはほど遠い。ＬＮＧプロジェクトにまたも深く関わる流れになり、その関係で、私の古巣の総合商社やエンジニア会社とまたタッグを組んで仕事することになった。

私がパプアニューギニア政府投資促進庁のアドバイザーとして働き、推進した様々な投資案件の中で最も重要な国家プロジェクトだったのは、一・七兆円のパプアニューギニア＝エクソンモービル・ナショナルプロジェクト（PNG ExxonMobil National Project）で

ある。このプラント建設事業は、私が着任する前年、すでに米国のベクテル社に内定していた。それを一転させ、効率も実績も高い日本のエンジニア会社に受注させるため、パプアニューギニア政府やエクソンモービル社に働きかけたのは私だった。このとき前述の日本大使ご夫妻も大支援して下さったことは生涯忘れ得ない。今でも促進庁との仕事が繋がっている。

人生に数多くの喜びがあるが、このプロジェクトは格別だ。受注を勝ち取るため、自宅に日本側の関係者を招き、夕食を共にしながら作戦会議を何度も開いた。日本食の材料が手に入らない国で、家内が苦労して数十人分の食事を作って協力してくれた。それが功を奏し、二〇〇八年十二月八日、四千億円のプラント建設受注が正式に決まった。我が家にて関係者全員で祝杯を上げ、喜び合ったあの日のことは生涯最高の思い出の一つである。

液化天然ガス製品の売り先も、本来はインド、スペイン、中国になる予定が、これも内々にパプア政府に働きかけて日本に切り替えた。三十年間の液化天然ガス長期買取り契約成立、液化天然ガス輸送契約確定も忘れ難い。これは日本が輸入する液化天然ガスの五％に当たる重要な取引だったが、日本の関係者の我々が関わったことが契約成立の決め手になった。

それから四年後の春、八千人もの尽力でそのプラント建設が完成し、液化天然ガス製品の輸送第一船が日本に到着した。自分も種まきをしたプロジェクトの花が咲き、やっと実を結んだ喜びを、関係者一同で分かち合えた感激は言葉にできない。これには日本大使と家内の支援も大きく、夫婦で歩んだ歴史の大切なマイルストーンの一つになった。このとき社長から直々に、「おかげで受注の仕事が黒字で無事完成しました。ありがとうございます!」という電子メールを頂戴した感激はひとしおで、現在もそのコピーを保管している。余談だが、このプラント拡張計画が二〇一九年現在、米国・日本・豪州政府共同援助のもと動き出している。

時期は前後するが、二〇〇九年五月には、ソマレ前首相の率いるパプアニューギニア政府の事業誘致経済視察団の一員に私も選ばれ、日本で開催する国際会議に派遣された。視察団の中で外国人は私ただ一人、しかもパプアニューギニアの国費での派遣だった。

あのとき思い切ってパプアニューギニアに行ってよかった。あの国が総力をあげて発展への道を勢いよく走り始めた、日本の明治維新のような大変革の真っ只中に派遣され、数々の国家プロジェクトに携わり、大任を果たすことができた歓喜は生涯忘れられない。

実は、任期途中で別の役職に抜擢され、帰国することになった。離任時にはパプアニューギニア政府の元投資促進庁総裁、JICA所長から感謝状を贈られた。大変お世話になった日本の大使ご夫妻、そしてパプアのAPEC総裁（アジア太平洋協力会議）のIvan Pomaleu 氏からも称賛の言葉をいただき、今も感謝している。

パプアにいたのは二〇〇八年から二年間だけだが、現在まで縁は続き、社団法人パプアニューギニア友の会の専務理事を務めて本業との二足の草鞋《わらじ》を履いている。この友の会の提言書をもとに、二〇一四年七月十日、安倍晋三首相によるパプアニューギニア訪問が実現した。日本の首相が現地を訪れるのは、中曽根康弘首相以来二十九年ぶりのことだった。

誠実に生きることが結局一番強い

私が二年でパプアニューギニアを離れたのは、日本政府直轄のさる国際機関の所長候補に推薦されたことに端を発する。それ以前の第一公募で百五十名応募するも全員失格、第二次募集で私のもとにも打診が来たのだった。

「不合格となると恥をかくので遠慮します」と逃げ回ったが逃げ切れず、不合格を覚悟して試験に臨んだら、七十名の有力候補者から十九名に絞られた第一次審査は合格。二次の筆記試験と、国際電話での面接試験にも何とか残って、運よく最終審査を待った。

その際に、「邦人と外国人半々の割合で計五十名の友人・知人の氏名と連絡先を、三十分以内に提出のこと」との要請があり、急いで手帳に記載のあった学友や、昔の勤務先でお世話になった方々をリストアップした。すると、旧職の関係者と英国やドイツの友人等、国内外の数名に対して本当に電話でコンタクトを取って、私の身辺調査をしたらしい。

「どんな人物かと聞かれたから、大いに褒めておいたぞ」

外国人を含む数名から後になってそう聞かされた。その結果、何と合格！　皆さんが私を支えてくれたことが嬉しく、「誠実に生きてきてよかった。それが人生で一番大切なのだ」と改めて身に沁みた。それは過去の苦労に対するご褒美だったのかもしれない。痛めつけられたこと、苛めた人のことは思い出したくもないが、感謝すべきなのかも分からない。

こうして私はパプアニューギニアから帰国することになり、その国際機関の所長に就任、二〇〇九年八月から三年半の間務めた。

この時期の仕事としては、まず懇談会を立ち上げ、二〇〇九年十一月に百名近いゲストを迎えて第一回を開催。毎日新聞に私の写真入りで「初の民間出身所長」との記事が出た。

二〇一〇年十月十六日、飯倉公館で太平洋諸島サミット中間閣僚国際会議が開催され、十四ヵ国の首相が揃った。その模様がＮＨＫテレビの夕方のニュースで流れ、会議に出席していた私の姿も映ってビックリ！　同月、ＯＩＳＣＡ（公益財団法人オイスカ）の五十周年記念パーティーに招かれ、ご臨席になった天皇皇后両陛下に謁見する栄誉に恵まれた。

二〇一〇年には太平洋諸島フェスタを笹川財団の支援で盛大に開催し、在日太平洋諸島の各国大使館から感謝状を受けた。その一方で、パプアニューギニア安全強化策会議、パプアニューギニアと日本の投資促進保護協定、六十億円のPEC Fund（太平洋共同体ファンド）の環境対策太陽発電と海水蒸留設備のとりまとめを行った。

同年三月三十日には、パプアニューギニアのソマレ元首相と六人の大臣が、日本の支援プロジェクトに対する返礼のために来日し、私の所属機関も訪問した。この視察団の歓迎会を、十六名の大手日本企業の社長らを招いて八芳園で開き、記念に桜の苗木を贈呈した。

四月には、パプアニューギニアと日本の投資促進保護協定が、両国の首脳会談で合意した。これはパプア在任中に日本の複数の企業の依頼を受けて、在パプア日本大使の後援で協定を外務省とまとめた。その後、私が移籍した国際機関でも協力して、日本の実業界とパプアのセテ長官、ドンポリエ元首相との懇談会などを開いたという経緯があった。

さらにこの年は、太平洋諸島文化芸術祭を開催、駒沢公園に七万人の集客があり、その収益から同年三月十一日に起きた東日本大震災の復興支援のため四百万円の寄付を行った。

二〇一二年五月には太平洋・島サミットが開催された。南太平洋十六ヵ国の首相、大統領ご夫妻を招き、経済、環境などのテーマで討論会を行い、協調関係を確認した。本会議場は沖縄の名護市だった。さらに太平洋諸島フェスタを開催、開会式は六本木アークヒルズのカラヤン広場で行われ、主賓の麻生太郎元首相と並んで私もリボンカットを行った。このフェスタの来場者は約四万人と大盛況で、関係者一同、感無量だった。

そのような活動をしていた一方で、個人的には世界銀行、ＪＥＴＲＯ（日本貿易振興機構）、ＡＤＢ（アジア開発銀行・駐日代表事務所）開催の会議や大学、学校、団体の講演会に呼ばれて忙しかった。

民間人でも国交に貢献できる

少し前まで日本が国交を結んだ独立国は一九二ヵ国だったが、その次にニュージーランドの南東にあるクック諸島との国交樹立が調印され、一九三ヵ国となった。実はこの一九三番目の国交樹立に、微力ながら私も携わっている。

そのきっかけは、二〇一〇年十一月下旬のこと。ニュージーランド航空と組んでクック諸島への観光を促進するため、私は政府直轄機関の所長として日本の旅行社十社の担当者を引率して現地出張した。ただしクック諸島へ行くには、ニュージーランドのオークランド経由で二十時間以上かかる。この遠さのため一旦は家内に「行くのは止めようと思う」と言ったが、行ってきた方が良いと促されて出かけた。行ってみたらクックはカリブやモルジブ、グレートバリアリーフに匹敵する美しい海に囲まれ、欧米の大金持ちやスター《セレブ》たちが自家用ヨットでバカンスを楽しみにくる素晴らしい島国で、行ってよかったと思った。

しかも、現地で外務大臣と懇談した際に、何と「日本と国交締結をしたいので、橋渡しをしてほしい」と、私にいきなり申し入れがあったのである。

〝民間人の自分が、国交に関与するなど不可能ではないか〟と困ったが、帰国後、この出張報告書を所轄の政府機関に提出する際に、クック諸島の外務大臣から託された親書を添えたら、意外にもトントン拍子に話が進んだ。そして二〇一一年三月二十五日、日本にとって一九三番目に国交を樹立した国として、クック諸島との調印がなされ、公式発表となったのである。

自分のような民間人が、わが国と他国との国交の橋渡しを担えたのは望外の栄誉である。このことは世の中に知られていないと思うが、クック諸島政府の日本政府宛依頼書である「外務大臣要請書原本」を、今も大事に保管している。この話を最初に持ち込んだクック諸島外務省の次官 James Gosslin 氏は生涯の友となった。二〇一一年六月十一日にヘンリープナ首相が来日した際には、政府機関の関係者を交えて昼食会を開き、両国の固い絆を祝った。

なお、二〇一九年六月現在、日本と国交を結んだ国は一九五に増えている。

第三章　不屈の精神が育った理由
～逆境に負けないＤＮＡは北の大地から～

逆境を生き抜く力は幼時から培われる

私はなぜか難関や課題に何度も巡り合う人生である。そのつど挫折しそうになりながら辛くも生き延びてきた。なぜ逆境からサバイバルできたのか、それは親譲りの道産子のＤＮＡのおかげかもしれない。「Boys, Be ambitious!（少年よ、大志を抱け！）」という、ウィリアム・スミス・クラーク博士の言葉からパイオニア精神を幼くして叩き込まれたこと、北の大地の寒風が育んだ我慢強さが、逆境を生き抜く原動力になったのではないかと思う。

あるいは十五歳で親元を一人離れ、高校、大学と下宿生活を送りながら社会人となり、海外へ飛び出したという特異な経験で、自立心と頑張る精神を鍛えられたのかもしれない。

私の生まれは戦時中の昭和十八年（一九四三年）である。父は北海道の財閥の分家の長男だが、故郷を出て東京帝国大学経済学部に進学、学生時代にはヨット選手として国体に出場した。昭和十三年に大学を卒業後、財閥系一流信託銀行に入行し社長秘書を務めていた。そんな父にも赤紙（召集令状）が来たが、身体検査の日に偶然体調を崩し乙種不合格となった、というのは表向きで、社長秘書として特別待遇で招集されずに済んだとも聞く。母は大正八年に日本銀行函館支店長の末娘として出生、東京の成城で幸福な家庭に育った。

その両親の下、東京中野坂上の木下病院で、五人の兄弟姉妹の長男として産声をあげた。病院と同じ中野坂上の自宅には石造りの塀がめぐらされ、当時珍しく自家用車まであった。

ただしこの家に住んだのは、戦況悪化で新潟に疎開するまで。二歳児の私がここの防空壕で甘酒をこぼし手をベトベトにして叱られたこと、防空壕の中が暗かったのを覚えている。この家の石塀は、高校生の私が父に連れられ訪ねた一九六〇年代にはまだ残っていた。

一家で新潟に疎開する途中で空襲に遭い、東京の家から運んだ家財は輸送の貨車ごと焼かれ、私たちは裸同然になってしまった。それもあって昭和二十年（一九四五年）八月の終戦を機に、父の故郷の北海道へと移ることになった。

燃え上がる反骨精神ほど力強いものはない

父の家系は明治期の北海道で財を成した豪商で、戦前までは北海道、新潟、東京に広大な土地を所有していた。戦後（昭和二十二年）の農地解放による接収で土地はかなり失ったが、私たちが北海道に移った頃は、まだ本家は裕福だった。戦前から残る本家の住宅は、海の見える高台の石垣の上に建つ、黒い板塀に囲まれた数千坪もの大屋敷である。後日談になるが、この住宅は二〇一八年九月、国の重要文化財に指定された。

私の一家が北海道に移ったとき、「あの家の者か、生意気だ」と周囲から一方的に誤解され、肩身が狭かった。終戦直後の物のない時代に、まだ辛うじて豊かだったのは本家だけで、分家のわが家は違ったのに、見知らぬ者から言われなき迫害を受けたのである。

そのせいか私は喧嘩が強くなり、小学生の頃から負け知らず。小学四年で転校した先で苛められたときも、そういう類の連中を許せず、相手が自分より身体の大きい奴でも構わず鉄拳で挑んだ。中学では級長、生徒会会長、生活委員に選ばれ、その記章を制服の襟元

に付けたまま、悪には遠慮せず立ち向かった。だが、この話を家内にすると、

「そんなのダメよ、大変よ！　暴力なんて、今なら大問題よ」

と評判が悪い。たしかに一度、正義感からマズイ事になった。

掃除で廊下に集めたゴミの上に、クラスの悪ガキがバケツの水をまいて笑ったのを見た瞬間、怒りに燃えた私は、窓に腰掛けていたそいつに殴りかかった。とたんに勢い余って二階の窓から落下！　積もっていた雪に埋まり、助け出されて救急車で病院に運ばれた。

後年、大人になっても不正を許せない性分は変わらず、サラリーマン人生でも〝長いものには巻かれろ〟には断固反対で「喧嘩貫太」という異名までついた。世の中の不公正、嘘、理不尽、弱い者いじめ、欺瞞《ぎまん》を受け入れ難い性分は幾つになっても変わりそうにない。

狭い世界から飛び出す勇気を持つ

東京を疎開で離れ、新潟では横田家に大変お世話になった。その後北海道へ戻るにあたり、父の信男は戦前から勤めていた銀行を否応なく涙を飲んで退職し、本家筋の経営する会社に常務として入社させられた。　それには本家筋の後継者の夭逝という封建的事情が

あった。曾祖母のムツから「本家の経営する会社で働かねば一家全員の籍を抜かれるから戻れ」と強要されたのである。

北海道の家では両親と我々五人の子供のほか、祖母、曾祖母、親戚の小父、小母の計十一名が同じ屋根の下に住んだ。女中や書生もいて賑やかだったが雰囲気がよかったとはお世辞にも言えない。家に暗いうっ屈がドロドロと停滞しているのを子供ながら感じていた。そこで優しい、温かな母が家庭の和を支え、子供たちに勇気を与えてくれた。

父は〝北海道を飛び出し東京で励もう〟との星雲の志を抱いて上京し、勉学に励み、大企業の社長秘書を務めていたのを、泣く泣く故郷へ引き戻された。家のため親族のために尽くしたが、何一つ報われなかった。失意のあまり酒におぼれる日が増えた。

私が小学四年生のとき、父が家庭環境を改善しようと中古の家を買って引っ越し、小学校も転校した。さらに五年生からは北海道学芸大学（現・教育大）付属函館小学校に兄弟揃って編入した。家族水入らずの新生活は、両親にとっても嬉しかったろうに、父の酒癖は治らなかった。シラフのときの父は家族思いで子煩悩、教育熱心で、家族揃ってピクニックなどにも連れて行ってくれる良い父だったが、いったん酒が入ると勉強の邪魔をされて困った。あれは一体何であったのかと、今も理解できないでいる。

父が酒に酔ったポーズをとって周囲に怒鳴り散らしたのは、それが不満とストレスの唯一のはけ口だったからかもしれない。父の人生は、あまりにもツキがなかった。

そんな父が酔うたびに、私たちに向かって、叫ぶように言った言葉が忘れられない。

「子供たちよ、決して北海道に戻るな。世界に散れ！」

私の兄弟はみな仲がよく一流大学で学び良識派に育ったが、両親の教育の賜物であろう。

子供時代の楽しい思い出は多い。春は函館公園や五稜郭公園の花見、ライオンズクラブでの福寿草狩り、恵山のツツジ狩り、夏の港祭と花火大会、お神輿《みこし》、獅子舞、花電車、江差で海水浴、秋は運動会、大沼公園の紅葉狩り、苫小牧、札幌への修学旅行、家族旅行の洞爺湖、四稜閣、冬のソリ、スケート、スキー、雪の中の通学、クリスマス会……。文部省の「お母さんの作文」で大臣賞、海洋博覧会のポスターで市長賞をもらい、NHKのハーモニカ演奏に出演した。将来の夢は科学者、医者、先生、パイロットになることだった。

世間の厳しさと親のありがたみは人を成長させる

父の勧めで、高校から北海道を離れて単身で上京した。父が中学高校時代に学んだ東京の成蹊学園の入学試験を受けて合格、下宿しながら高校に通学したのである。

同級生は良家の坊ちゃん嬢ちゃんだらけの甘い連中だったが、育ちのよさからくる明るさや温かさ、人を尊重する新たな人格を知ったことは自分を変える一石となり、帰省のたびに「明るくなった」と言われた。安倍晋三首相も後輩の間柄である。

一方、初めての下宿生活は、世の中の厳しさを痛く認識せしめることになった。ある日、下宿屋の息子がアメリカから急に帰国することになり、突然「明日までに部屋を空けてほしい」と言われ、その日のうちに追い出されたのである。しかたなく勉強机と本棚、布団を三輪トラックに乗せて、雨の中、埼玉県の親戚宅へ向かい、しばらく泊めてほしいと頼んだ。まだ高校二年生の子供だったが、都会人の冷たさをシミジミ痛感した。その親戚宅で数ヵ月暮らし、それから武蔵野の別の下宿に移った。

父からの仕送りはキチンとあり、親のありがたみを思い知ったが、下宿代と生活費でほとんど消え、足りなかった。家庭教師のアルバイトを五、六ヵ所受け持って小遣いを稼ぎ、本やお菓子などを買った。余暇には下宿にいた同学年の女の子とウクレレを弾き語りし、山歩きやサイクリングを楽しんだ。高校では級長をやりながら、ＥＳＳ、ワンダーフォーゲル部に参加、バレーボール部ではキャプテンを務めた。

不運も「怪我の功名」と思う

高校入学早々、ソフトボールをしていて右手小指の怪我をし、父の知り合いの紹介で慈恵医大にほぼ毎日、丸一年間通院した。そのため半日は学校の授業が受けられず、不覚にも勉学で遅れをとり、成績上位が入学から半年で途絶えてしまった。今思えばインターンの実験に利用されただけで、怪我は治らなかった。現在もその指は曲がったままだ。

正直、この勉学の遅れが、思っていた人生行路を大きく変えた。他大学への受験を断念して、内部進学で新設第一期の工学部応用化学科へ入ることになったのである。ガッカリした父からは叱責を食らい、自分にも腹が立った。高校から東京の私学に出してくれた両親に申し訳ない、悔やみきれない痛恨のミスとなった。ただ、それも家内に言わせれば、

「それが悪かったか、良かったかは分からないわね。そのまま望む世界へ進んだら上手くいったかも知れないけど、今とは随分違う人生になっていたでしょうし、きっと私と出会うこともなかったのよ」

たしかに、それでは困る！

地道な努力を見ていてくれる人はいる

大学では、今度こそ懸命に勉強した。専攻は物理化学で、当時ソ連で技術が進んでいた寒冷地のダム工事等に使用されるプラスティックを混入した特殊セメントの即効性を電気的・物理的に追跡する研究をした。同じ工業学科の秀才と共に波動方程式の試験を解いて、指導教官であった東大の小出重明教授から「二人に敬意を表す」との賛辞をいただいた。学優の数は大学三年の就職試験時点で三十八個、クラスの中でも二、三番の成績だった。学業のかたわら、耐泳会、英語部、海外移住研究会会長、ロシア語研究会会長、ドイツ語研究会会長　バレーボール部、グリークラブなどにも所属した。

就職は大学四年の六月に決まっていたが、前後して主任教授（東大名誉教授、高分子化学）の祖父江寛先生より、思ってもいない提案を受けた。

「君は会社員より、技術屋が向いている。東大の大学院に入って高分子の研究室に来ないか？　君なら成績もよいので合格は保証する」

私はよくよく考え、父にも言わず辞退した。その理由は、高分子合成樹脂には関心がなく、新たに開拓、挑戦したい学問上の目標も思い浮かばず、そんな状態で大学院に進んでも得るものは少ないと判断したため、受け入れ難かったのである。ただし、後で父にその話をしたら大変驚き、すぐ祖父江先生宅に出向いて謝罪を述べる騒ぎになった。

「お前は東大大学院に行けばよかったのに」

東大は父の母校だ。とても残念がった父の気持ちがありがたかった。

「そこでどのように反応するか」で人生が変わることがある

就職活動では、とある企業にエンジニアとして採用内定していたが、その内定通知を小脇に抱えて翌日、総合商社の入社試験に臨んだ。筆記試験後、面接に呼ばれたときのことはよく覚えている。面接試験官は十名位、ズラッと並んでいた。

「君はせっかく工学部で勉強したのに、なぜ商社なんかに関心があるのかね？」

笑みを浮かべ、あえて答えにくい質問を出したのは人事担当の常務だった。

「ハイ、工学の道も好きです。しかし、自分が学んだ学問を世界のビジネスに活用したいと思うからです。プラントにつながる流体力学とか、無機・有機化学、合成樹脂などの勉強をしてきたので、そういう知識も少しは役立つかと考えております」

私はさらに、こんな補足説明をした。

「実は別の会社の合格通知を昨日受け取り、ここに持参しています。ぜひ御社で働きたいのです。私の父は東大卒業のあと、財閥系の一流信託銀行に奉職して二年勤務しましたが、田舎の同属会社に親戚の代表で籍を入れないと家族全員除籍すると言われ、涙を飲んで退職しました。私が東京の私立高校に進んで散財させてしまった両親への恩返しの一つが、御社に入社して、父の果たせなかった夢を継ぐことなのです」

「君は、泣かすことを言うね」

帰宅後、父からの電話を受けたとき、面接で常務からそう言われたと話したら、

「馬鹿！　そんなことを言ったのか！」

また叱責を受けたが、電話の向こうの声が湿っているのが分かった。その夜、電報で採

用通知を受け取った。

よき伴侶は生きる張り合い

入社二年目の夏、千葉県館山の海で行われた会社の水泳部主催の遠泳大会に、仲のよい同僚の男ばかり数名と気分転換がてら出かけた。

そこで気になる女性と出会った。朝見かけて我々と談笑した女性グループの一人で、サングラスをかけて黄色のスエットを着ていた。いかにも経理部員らしい真面目そうでキチンとした雰囲気をまとった、明るく可愛らしい彼女のことが忘れられなかった。その後、一キロの遠泳が始まったが、私は泳ぐ途中で足がつり、ボートに引き上げられてリタイヤ。あの彼女は完泳組だった。それで彼女が頑張り屋だと分かり、いっそう親しみが湧いた。

それからというもの、会社帰りの時間のあるときなどに、彼女をコーヒーと雑談に誘うようになった。話を聞くとソロバン一級の腕前があり、退社後に毎日、ロゴス英語学校及び通訳養成所に通って通訳の勉強をしているという。自分は仕事が済んだら先輩と酒を飲みに出かけているのに、偉いなと思った。人柄は意外に質素で、経理部の先輩たちからもである。

評判がいい。商社マンの奥さん向きの女性だとますます好ましくなった。なお、彼女の家系は大阪冬の陣で豊臣方に仕えた飯田左馬介家貞の士族で、現在も十五代目の親族が健在である。

夏休みには北海道の実家に彼女を連れて行き、両親、祖母に紹介して気に入られ、結婚を決意した。彼女（久美子）は二十二歳、私は二十五歳だった。

一九六九年四月十九日に私たちは結婚して夫婦になった。結婚以来、家内は私の人生の大きな支えである。いつも明るい笑顔で、世界のどこに行っても、誰からも好印象をもたれて敬愛されるから、私まで得をしている。

家内は精神的にも逞《たくま》しく、発展途上国に駐在しても不満など口にせず暮らしに馴染み、その土地の人々とすぐうち解けて仲よしになる。言葉も英語以外に、現地のベンガル語だのスペイン語だのに関心をもって向学に努めるのが素晴らしい。私が精神的に落ち込むことがあっても、そのまま受け止め温かく激励してくれる家内は本当によい奥さんだと思う。「君の奥さんは大成功だよ」「お前が今あるのは奥さんのおかげだぞ、本当に分かっているのか」などと、よく上司や先輩にからかわれ、からまれて閉口したこともあったが、言われたことはその通りである。他人をあまり誉めなかった亡き父でさえ、「久美子さんはしっかりしていてよい」と、頻繁に口にしていた。

　私が人生を楽しいと思う一番の理由は、家内と暮らし、子供にも恵まれ、それが仕事への励みになったことである。家内のことは永遠に誰より大事にしていくつもりだ。

　海外を転々とする駐在員は国際的な引っ越しも多く、案外お金が貯まらない。一番の楽しみは家族旅行だったが、土産はあまり色々買えない代わりに、心の土産として写真を撮る。愛する家内と子供たちと一緒に世界各地を見て回れたことは何よりも美しい思い出であり、勢い、たくさん写真を撮った。写真を貼ったアルバムは七百冊を超え、いつか重さで自宅の床が抜けるかもしれない。それだけが心配だが、断捨離ブームに抗って一生大切に保管したいと考えている。

第四章　人生には予期せぬ危険がいっぱい
～とにかく生き延びるためのサバイバル術～

ダメージを最小限に留める判断を

私の人生は人並みで、穏やかで平凡かもしれない。だが、ずいぶん危険で稀有な経験も多い。商社勤務もその一因かもしれないが、本章でいくつか事例を挙げてみたい。なお、これは昭和・平成の頃の話であり、現代とは社会環境も、雇用事情も異なることをご理解いただきたいが、生きることの厳しさはいつの時代でも不変と思う。

小学三年生のとき、雑誌の懸賞で自転車が当たった。安っぽい自転車のパーツが届き、自分で組み立て、さっそく外で乗り回して弥生坂を下ったら、車輪のフレームに油が塗ってあったようでブレーキが効かない！　石だらけの急坂で猛烈な加速スピードがつき、坂の下を横断する往来の激しい車道に突っ込みそうになった。

「車に轢《ひ》かれて死ぬよりましだ！」

とっさに自転車のハンドルを切って、坂道の脇の街路樹に自ら激突！

駆け寄ってきた通りがかりの人々の、心配そうに自分を見下ろした顔が忘れられない。

ラッキーのツケは払わされる道理

一九七四年師走のある夜、クウェート駐在中の私は、ヒルトンホテルで開かれた日本人駐在員仲間のクリスマス会に参加した。飲めや歌えの大騒ぎで、二十八歳と若かった私はつい調子に乗り、知らない間にウイスキーの水割りを十杯近く飲んでいたらしい。

会がお開きになり、私は酩酊状態で一人、マークⅡのハンドルを握ってハイウェイに出た。家内は幼い子供たちと家にいたから、自力で帰らなくてはいけなかった。

雨の海岸道路を時速八十キロくらいで走行し、左カーブの先がよく見えないと思ったとたん、異様な光景が目に入った。約三百メートル前方の信号機が壊れていて、おまけに何のつもりか一台の車が追い抜き車線の道をふさいで停まっている。

まずいと思って、右のレーンに避けようとバックミラーを覗いたら、後方からムスタングが路面の水しぶきを蹴立てて高速で迫ってきていて、右には出られない。

だが、このまま走れば、停まっている車に追突してしまう。しかたなくブレーキを踏んだら、道路を覆う砂漠の砂と雨でタイヤが滑って完全にコントロールを失った。私の乗った車体は横滑りしながら前の停止車を弾き飛ばし、なおも滑って前方にあった電灯のポールにぶつかってクルッと方向転換し、元来た方にフロントを向けてやっと止まった。

気付けば、フロントガラスが割れて車内に散乱していた。幸い私は大きな怪我もなく、ハンドルを握る手に少し血が滲んでいた程度で助かった。弾き飛ばした相手の車は、道路の右端で止まっていた。雨はいつしか豪雨になっていた。

禁酒の国で、酩酊運転の外国人が交通事故を起こしたら牢屋行きだ。ただ、駆けつけたクウェート人の巡査は、豪雨で早く帰りたかったらしく、

「お前たち双方でよく話し合うといいよ！」

と言っただけで、いなくなった。ラッキーだった！

ただし、事故の相手は保険未加入で、会社ももちろん援助してくれず、相手の車の修理

代とレンタカー代、しめて三十万円を自腹で払わされた。それよりもっと冷や汗をかいたのは、事故の翌朝、自分の乗っていた事故車を改めて見て、ダメージの大きさを知ったときだ。ドアがボール紙のようにクチャクチャになっていたのである。

わが身の安全だけはいつどこでも確保すること

一九七四年二月六日、日本の赤軍派がクウェートの日本大使館を占拠した夜は、滅茶苦茶だった。駐在員事務所に日本のマスコミ各社から状況取材の国際電話とテレックスがひっきりなしに入って対応に追われ、やがて日本の本社からもテレックスで緊急指令が来た。

「日本のマスコミ七社の記者がビザなしでクウェートへ飛び立った。支援をよろしく」

やがて飛行機でやってきた日本の記者たちは、

「ヤー、ご苦労さん！」

偉そうにチョイと挨拶するや否や、一斉に走り出して車に飛び乗り現場に直行した。

彼らは人質になっている大使館員の身の安全など意に介さず、制止を振り切って勝手に建物に近づいては、特ダネ狙いでカメラのフラッシュを炊いた。

案内係の私も危険覚悟でそばまで行ったが、流れ弾にでも当たったら元も子もない。報道記者たちの傲慢身勝手を初めて知った出来事だった。

運を天に任せるしかないときもある

クウェート駐在中、家族旅行でオランダからスペインのマドリードへ行くため飛行機に乗ったら、「飛行途中で機体不備で車輪が出ないため、今から胴体着陸をする」という緊急アナウンスが流れて機内に緊張が走った。ほどなく飛行機がオランダ・スキポール空港の上空にさしかかると、機長から再び機内放送があった。

「窓の下に見えるのは雲ではなく、この飛行機のジェット燃料です。着陸時の着火を防ぐため、空中に放出しました。機長の私は十年の経験を積んだ技術がありますが、運を天に祈ります」

地上を見ると、ジェラルミンの防護服で身を包んだ消防隊員が待機している。やがて、炎上防止の白い粉が一面に撒かれた滑走路に、我が飛行機が決死のタッチダウンを敢行！

その瞬間、私は思わず目をつぶって天に祈った。

「家族全員が無事でありますように！」

おそらくこれが人生最大の危機だったと思われる。このとき最悪の事態が避けられて、本当に幸運だった。

戦争は対岸の火事ではない

海外で、戦争が始まるタイミングに居合わせてしまったことが何度もある。

クウェート駐在中の休暇旅行でギリシアへ行き、海水浴をして家族と寛いでいたとき、水平線に突如として多くの軍艦が現れた。

「あれは何？」と地元のオッサンに聞いた。

「知らないのか？　アメリカ海軍の第七艦隊だよ。戦争が始まったんだ！」

こんなノンビリした国で一体、どこと戦争？　と驚愕した。キプロスとの紛争の始まりだった。この非常事態で、レンタカーを返却できなくなり、エアコンの効かない暑いパンホテルでしばらく缶詰になった。

一九七五年七月、クウェート駐在を終え、レバノン勤務の中東監督に帰国の挨拶をするためベイルートに寄った。そのとき折悪しく、レバノンとパレスチナ、そして隣国イスラエルが支援するキリスト教徒（その裏にはユダヤ人を応援する米国の軍需産業の暗躍があった）の間で戦闘が始まってしまった。しかも、よりによって自社の事務所の入っているスタルコビルの前で激しい銃撃戦が起きた。それを命からがら避けながら、家内と子供たちが待つ海岸端のリビエラホテルに帰り着くまでがまず大変だった。

一刻も早く国外脱出したかったが、非常事態によりパンナムとＪＡＬしか飛行機が飛ばなくなり、それもいつキャンセルになるか分からない。私は家族共々決死の覚悟で、レバノン兵のジープに守られながらベイルート市内へ向かい、オランダ航空の予約取り消し手続きをした。さらに、乗り継ぎ航空券入手のため、窓口を閉めて避難しようとしていたＪＡＬの係員に間一髪頼み込んで、日本行きの航空券を発券してもらった。翌早朝、乳飲み子を抱えた家族全員でまたもレバノン兵のジープに守られながら空港へ向かい、夜にやっと帰国便が来て飛び立てたときの感激を忘れることができない。

一九七九年九月、イラク向けに、八百億円のキルクークでの石油ガス生産プラント建設の仕事を自分が折衝を担当し受注した。その関係で、イラン・イラク戦争中だったが何度も現地出張に行った。戦時下の航空管制とは恐ろしいもので、イラクのバグダッド空港では夜間でも飛行機の着陸寸前までライトを点けない。突如ライトが点いて姿を現した飛行機が、次の瞬間にドドーンと滑走路に着陸していたが、その着陸の難しさを思うといっそう恐怖感が募った。

キルクークの現地視察で、LPG（液化石油ガス）タンクのあるプラント敷地内を数人で歩いていたら、空襲警報のサイレンとほぼ同時にイラン軍のファントム爆撃機が飛来して、ロケット弾と機関銃を乱射！　何と、機銃掃射に遭遇してしまったのである。

あれは夏の暑い日だった。大慌てで近くの防空壕に逃げ込んだが、弾丸の飛び交うヒューヒューいう音は筒抜け、時に銃弾まで防空壕の壁を貫通して飛び込んできて、それが壕内を弾け回って危なかった。そんな銃弾が足をかすめて外国人技師が怪我をしたと、ファントムが去って防空壕を出てから食堂で聞き、青ざめた。ともかく無事でよかった！

何で自分はこんな強烈な体験ばかりの人生なのかと、つくづく感じた出来事だった。現代ではこんな危険な土地への出張など会社が許さないが、私たちの世代は違ったのである。

何が何でも命綱をつかむべし

クウェート駐在から帰国後、今度はカタール向けの六百億円の仕事で出張に行った。入札のための現地調査で、ヘリコプターに乗って海の沖合にある石油ガスの生産用プラットフォームに向かうことになったとき、搭乗前に一枚の念書にサインをさせられた。

その念書の文言は、『私はこのヘリに乗って事故に遭遇しても一切クレームをいたしません』という内容だった。なお、これは今でも同じシステムである。

ヘリが飛び立つと、雨が激しく降りだし、球面状の窓ガラスから見える海面と空の境目が分からなくなった。強風に煽られヘリが流されるように飛んでいるのに気付いて、ひどく心配になった。

「アラビア湾岸は風が強く、ヘリが墜落しやすい。とくにプラットフォームのヘリポートへ着陸態勢に入って失速状態になったときに、横なぐりの風に煽られると危ないね。海にはサメが一杯いるよ」

機長は笑って言ったが、冗談じゃない。海へ落ちたら泳ぐのはかまわないが、サメに食われぬだろうか……？　幸いこのときは無事で、この仕事の受注もできた。ただ、ヘリにはあまり何度も乗りたくないなと思った。

ブルネイでシェル石油会社を相手に、石油ガスプラント設備拡販のためのプレゼンテーションをすることになった。その前夜、現地で泊まった海辺のホテルの部屋で、波の音と這いまわるヤモリに悩まされて、眠れぬ夜を過ごした。

三百人ものオランダ人を前にしたプレゼンテーションを無事終えた数日後、シェルの案内でまたも、海の沖合にあるプラットフォームの視察に向かった。ただし今度はヘリではなく船だ。ホッとしたが、結果的には違う意味でもっと大変だった。

船の甲板は油だらけでヌルヌル。作業靴がなく街歩き用の短靴を履いた私は、滑らないように必死だった。大波で激しく上下する船からプラットフォームへ飛び移るときが一番危険だ。この海にもきっとサメがうようよいるに違いない。

視察を終えて、プラットフォームから船に戻るときに事件は起きた。一瞬ためらって飛び移るタイミングがわずかに遅れたら、波が引いて船がドンドン下がっていく。私の体は宙に浮いたまま二メートルほど落下した！

ドーン！　と靴底が船の甲板に当たったとたん、滑って転倒しかけ、とっさに目の前にあったロープにつかまって何とか止まった。このロープをつかめていなかったら、勢い余って海に転落してサメに食われ、命はなかったかもしれない。

知らぬが仏ということもある

一九八六年、サウジアラビア駐在員だった私は、アルコバールで受注したアラビア石油の契約を終え、精油所の仕事を追うためジェッダ行きの飛行機に乗った。

夜のフライトでうとうと眠り、ふと気付くと、機内が騒然とした異様な雰囲気になっている。窓の外に目をやると、家族旅行で行ったことのあるイランのザクロス山脈のような雪山が見えた。「おかしいな、ジェッダ方面には山も雪もないはず……」と思っているうちに、飛行機が予定外にイランのテヘラン空港へ着陸した。

搭乗した飛行機がハイジャックされていたのである。

テヘラン空港で機内に閉じ込められたまま、緊張の数時間を過ごした。

すると突然、機首のほうで銃の撃ち合いが始まったと思ったら、ドスンと何かが落下する音が聞こえた。ハイジャック犯が、突入した狙撃兵に撃ち殺されて、滑走路上に落下した音だった。犯人は即死だったそうだ。

中東では実に色々あったが、まさかハイジャックに遭遇するとは思わなかった。

言うべきときにはハッキリ言うこと

イエメン第二の都市タイーズへ出張し、仕事を終えて帰国しようと空港のカウンターで搭乗手続きを頼んだ。

「時間がくれば案内するからそこで待て」

係員の説明で一旦引きさがり、おとなしく待ったが、一向に呼ばれない。一方、そのカウンターでは人だかりが何やらワーワー喧嘩をしていて、何とマシンガンやピストルなど物騒なものを持った手で机を叩いている。しばらくしてその物騒な連中がやっといなくなった後に、〝もしかしてこれがチェックインなのか？〟という悪い予感がして再びカウンターに向かった私の目の前で、ガチャンと窓口が閉まった。

「おい、俺が待っているサウジ行き飛行機の受け付けはどうした？」

私を待たせた係員をつかまえて尋ねたら、

「アー、それは今終了したよ」

私は飛び上がって驚いた！

「冗談じゃない、お前が待てと言ったから、あそこの椅子で待っていたではないか。ともかくちゃんと乗せろ！」

「すみません、飛行機が混み合っていて、もう締め切りです」

「冗談じゃない！　自分は日本の代表の駐在員で、今回は大臣に会ってきたが、その大臣に文句を言うぞ」

「でももう軍隊が座席を押さえて、残りはありません」

「何だと！　じゃあ所長を呼んでほしい」

内心ハラハラしながら押し問答をした。結局、搭乗締め切りの直前に突然ジープが現れて空港の出入口に横付けされ、やってきた税関長自ら私のカバンを持って飛行機に案内してくれ、無事乗り込むことができた。

その前の、銃器をガンガンとカウンターに打ち付けていたのは何だと尋ねたところ、

「あれが、この空港のチェックインだ」

そんなことを言うので呆れてしまった。しかもその銃器類を、乗客は平気で機内に持ち込んでいる。籠を持ったパーサーが客席を回り、「目的地まで預かります」と言いながら乗客の銃器類を集めてコックピットのほうへ運ぶのを見て、唖然とした。

今後よほどのことがない限りタイーズには来るまい、そう固く誓った出来事だった。

第五章　いま多くの人に伝えたいこと
～大志を抱き人生を楽しめばいつまでも若い～

ピンチを力にする「本当の実力」を養う意識を

私と家族はカナダのような先進国や、シンガポールやインドのような経済発展のめざましい国にも住んだ。しかし中東のクウェートやオマーン、パプアニューギニアなど小さな国のほうが、楽しい懐かしい思い出が多いような気がする。

どこの国でも一定期間駐在すると、文化や人々の考える本音が見えてくる。自分の経験で言えるのは、宗教や人種、文化や慣習、社会システムなどに違いはあれど、仕事や人生、友愛や誠実、正義といったことの価値観は万国共通だ、ということだ。そういう意味では、人はどこに行っても何も変わらないと実感する。

私たち夫婦には二男一女の子供がいるが、それぞれ違った人生を送りながら家庭を持って幸せに暮らしている。ただ私や家内の若い頃と、今の暮らしや社会、教育環境は大きく異なっていて、子供や孫世代にはどういう人生の選択肢があるのかと考えることがある。

これからの時代に、どんな世界観や人生観を抱けば、幸せな道を歩めるのか――。

このことは将来を担う若い人だけでなく、悠々自適の中高年にとっても、大きな関心事ではないかと思う。それを考えるヒントとして、日本経済新聞連載の「私の履歴書」で紹介された欧州中央銀行総裁ジャン＝クロード・トリシェ氏の提言を紹介したい。

1　人生には予期せぬ転換が何度も来る。驚くべき変化に備えよう

2　情報技術、人工知能は急速に変わる。世界の早い変化を予期すること

3　いつも三つの素養を磨くこと

　①　逃れられないショックに対する復元力

　②　新しい社会、仕事に対応できる柔軟性

　③　新しい変化を好機に変える創造性と迅速性

近年では世界的な交通インフラの整備やＩＴ化により、海外の国々と日本の距離が縮まり、世界はボーダレスになりつつある。外国人や日本人という枠組みが薄れ、誰もが世界市民という時代が到来しようとしている。

これからは世界基準で人生を生きる時代だ。〝英語が苦手な日本人〟としては、コトバの克服も大事だが、それよりもっと大切にしたいのは「ピンチに強い実力を高めること」。日本では資格や経歴が重視される。それも大事だが、世界の舞台に出たら資格や肩書より、本当に役立つ即戦力が必要になる。予測不能の事態にも出合うからである。

現代の若者は、自分の力で世界を生き抜くことが、かつてないほど求められている。民族や宗教、政治、イデオロギーは国によって複雑でも、教育を受けた者同士の価値観は同じ。だからこそ壁や障害なしに、相互理解や協力ができるのではないだろうか。

かく言う私は非力な人間で、大きな困難や壁に何回も突き当たってきた。そのつどギブアップしそうになりながら辛くも生き延び、そのことで前進していけたと思っている。

日本人の美徳は世界で通用する

私は外国生活を通して、むしろいっそう日本人であることを実感した。思うに、日本人には長所もある一方、気になる点もある。

■日本人の長所

勤勉／つつましい／人の立場を考える／義理を重んずる／優しく明るい／友好的で対決を避ける／清潔好き／目標や計画作りが好き／時間を守る／高い教育レベルにある

■日本人の弱点

義務教育一〇〇％で自分たちは先進国民との過信がある／平和ボケが目立つ／出る杭を叩く文化／群集心理に流されがち／外国人の笑顔に騙されやすい／自分自身の意見や考えが少なく他人に同調する／YES、NOをはっきり言わない（「沈黙は金」はダメ）／外国人との対話が苦手（控え目だと「自分の意見がない」と侮られる）／日

本的思考で物事を進めようとする

「日本人は、親切で、礼儀正しく、質素で、清潔好きで、謙虚で、頑張り屋だ」

海外にいた頃、世界のどこでも言われた言葉である。そう言われる信頼感、安心感は、日本人にとってのよき財産だ。それを大切にしながらさらに高い峰を目指して進んで行けたらと願う。日本人の美徳を生かし、明るい希望と夢を心に抱いて世界の人々と友愛関係を築き、協力して生きていくことが何より大事ではないだろうか。

若者に期待するからこそ要求レベルも高くなる

私は日本が急成長した昭和四十年代という、明るく前向きなよい時代に青春期を過ごした。今や昭和は遠くなり、平成も三十一年目で終わって令和の新時代が始まった。

現代はＩＴ、ＩｏＴやＡＩが普及し便利な世の中になる一方、世界情勢は予断を許さない。ポピュリズムやナショナリズム、反ユダヤ主義（Anti-Semitism）の台頭など問題多発である。実際、令和元年六月に日本で開催されたＧ20会合でも、世界の覇権争い、温暖化、自国優先などの議論が錯綜状態であった。

私見では、英国のEU離脱問題「BREXIT」から目が離せない。米国に隷属する日本と違い、英国は自立心に燃えている。その一方、国内にはアイルランド差別という歴史的問題もある。メイ前首相はエリート層出身にもかかわらず離脱を支援して辞職に追い込まれ、この問題は一旦先送りになったが、果たしてEUが存続可能なのか私は大いに懸念している。

米中貿易覇権戦争も深刻だ。その根底にある中国覇権問題を理解するには、二〇一二年に習金平最高指導者が提唱した「中国の夢」というスローガンの元になった、劉明福中国人民解放軍国防大教授の著書『中国の夢』（米国のベストセラー〝The Hundred-Year Marathon〟で取り上げられた）を参照されたい。中国側の出方は米国をも恫喝する気迫で、米中関係が悪化する中、日本はどうすればよいのか対応が難しいところである。ただ、中国では共産党が他民族を力で抑圧して政権を維持しているが、それが早晩内部崩壊し国内分裂を惹起すると、私は予想している。

そして、GAFA（Google, Apple, Facebook, Amazon）の総資本がドイツのGDPを凌駕し、巨大資本に自由資本主義が搾取され、経済学者ピケティの指摘する「格差社会」が拡大の一途にある。ユヴァル・ノア・ハラリ著『ホモ・デウス』（河出書房新社、二〇一八年）に書かれているように、人工知能制覇時代の到来を控えて世界が動く中で、日本も競っていけるように頑張らねばならない。

しかし今の日本は、米中貿易戦争の余波をかぶり、北方領土は未だ戻らず、少子高齢化と人口減少が進んで国民一人当たり一千万円超の財政赤字を抱えながら、政府はキチンと財政を立て直せず、教育環境も悪化の一途で、そこに格差社会の広がりが追い打ちをかけている。かつて経済大国と呼ばれた我が国が、デービッド・アトキンソン著『日本人の勝算』（東洋経済新聞社、二〇一九年）によると「劣国」と言われる国になりつつある。

さらに残念なのは、平和と豊かさゆえに、日本の若者が見るからに軟弱化したと思えてならないことである。

幕末・明治期のような古き時代の若者は、今の若者より遥かに国を想い家族や友人を大事に生きた。現代日本の若人で、国を愛し大いなる志を抱いてアグレッシブに未来へ向かう者は少ないのではないだろうか。徴兵制度を復活せよとまでは言わないが、兵役義務ないしは看護奉仕義務のある海外の国々のように、何か日本の若者を鍛え直す機会も必要ではないかと考えている。

もう一つ、『君主論』の著者ニコロ・マキャベリは、「国のリーダーとなるのは、第一に能力、第二に運、第三に時代の流れを早く読む人間である」と説いた。

日本の現在の小選挙区制では所属団体の支援とお金なしには議員になれず、優良な人材にチャンスがあまりないが、そんな旧来のシステムは早く止めるべきではないか。無名でも文無しでも国を愛し強いリーダーシップを持つ人材なら、誰でも国政に出られるような制度を確立せねば、この国はダメになるのではなかろうかと思えてならない。

だからこそ、自分の意見を持ちながら相手を尊重し、世界の人々と仲よくしつつ強いリーダーシップを発揮できる、グローバルな視野と高レベルの見識と垂範力を備えた若人の出現に期待している。そんな若人たちのために、私の経験や知識が少しでも役立てれば嬉しいとも感じている。

過去の自分を振り返ると、若い頃はひたすら研鑽に努め、競争に明け暮れる人生だった。それが歳を重ねて第二、第三の人生へと移行するうちに、サラリーマン時代の競争意識から解放され、「自分の能力や経験が世の中で必要とされるか否か」がもっと大事と思えるようになった。今や若い人の相談に乗りながら新しい何かを手がける立場になり、そのことをいっそう痛感している。国造りに大事なのは教育である。

何歳になっても夢や目標を持ちたいもの

「どうしてそんなに元気なのですか？」

私も七十歳を超えて以来よく聞かれるようになった質問だが、答えは簡単だ。いつも夢を抱き、目標を持って生きているから。それに尽きる。

現在は、日本の中小企業の未来に注目している。日本の会社の九十五％以上が中小企業と言われるが、多くが後継者あるいは働き手不足で、せっかくの素晴らしい技術・知識・産業が消滅しようとしている。とても、もったいないことだ。

考えるに、中小企業自身も政府支援を期待せず、もっと自助努力し、独自の技術を基にグローバル化して、国際企業としての業容を強化することを自らに課す必要があるのではなかろうか……というように、中小企業の技術や知識の存続支援に携わることが、現在の私のテーマであり目標となっている。こうした〝自分への宿題〟を常に抱えていることが、わが元気の源なのである。

日本経済新聞連載の「私の履歴書」でアサヒビールの瀬戸雄三元会長の記事を読んだら、

「人生のキーワードは、変化、挑戦、夢、感動」

とあり、共感した。私も常日頃、「夢」「目標」「笑顔」「強い意志」を大切にしている。その中でも夢は重要だと思う。いつでも、何歳になっても夢を持ち続けて生きたい。夢や希望、目標は体に活力を与え、明日を創る力になると信じている。

「元気の秘訣」は人それぞれ

日本男性の平均寿命は今や八十歳を超えた。私も七十代後半に入ったが、未だ四つの企業に勤務している。職歴を通じて知り合った友人、知人らとの縁と運命の流れで仕事人生がまだ続いている。そこで感じるのは、仕事を通して私の経験したことや、ささやかな知識でも世の中の役に立てたら嬉しい、だからこそまだ働いていたい、という思いである。


若い頃から仕事でお世話になった方々と飲んだとき、

「君に仕事なしの人生はないのか。ワーカーホリック（仕事中毒）だな」

「そろそろ仕事を辞めないと人生が終わるぞ」

などと決め付けられ、やや不本意だった。そうは言っても、現役を引退して旅や趣味で悠々自適の人生を送り始めた同世代の仲間たちが急に老けていく姿を見て、〝自分が世間の役に立つ限り、働いていた方が自分のためにもよいのかもしれない〟と思い直した。

ＮＨＫのテレビ番組で俳優の加山雄三氏が語った「元気の秘訣」は、美味しい物と酒を適度にたしなみ、旅を楽しみ常に何かを目指すこと、多くの友人知人と接することだった。また、『ためしてガッテン！』の番組内で紹介された認知症防止策は、運動、思考、睡眠、それに友人だった。人生をより長く楽しむには、趣味と余暇だけでは難しく、友人、健康、学ぶことが重要だという。

登山家の三浦雄一郎氏は、八十歳で三度目のエベレスト登頂に成功した。これはもちろん特例の偉業だが、彼も人間、我も人間だ。基本は同じと思いたい。

さて自分はというと、人生の優先順位は、第一に夢（目標・希望・志）、第二に家族の健康、第三に社会貢献である。いつでもまず夢や目標を持ち、家族にはいつも明るく幸福な顔をしていてほしいと願っている。

私が人生を楽しいと感じて意気軒昂でいられるのは、気立て良い奥さんの支えと、愛する子供たちの素晴らしい成長が日々の原動力となっているからだ。自宅も二〇〇六年に建て直して快適に住める。財産はないが借金もない。夫婦揃って健康で持病もなし。何と幸せなことだろう。

人生は楽しんだ者勝ち

「本当に仕事が好きなのですね」

そう人によく言われるが、あまり嬉しくない。仕事が趣味でもなく、生涯現役ということには何の意味も拘りもないが、自分の経験や力が求められる限り世の中に貢献したい。

「貴方はいつでもホップ、ステップ、ジャンプの人なんですね」

ある人からそう言われたときは嬉しかった。時々直面する逆境は自己への試練と考え、負けぬ、負けぬ、負けぬ！　と思う。若い頃にはいつもあった様々な悩み事は、今や皆無である。

私も人生の長い航路を経て古老になりつつあるが、偉ぶったことはない。ただ自分が苦心し、過去の仕事と忘れ得ぬ思い出がランドマーク（記念碑）のように各地に残っていることが、励みになる。それは心の中の勲章である。

過去を思い返せば、商社勤務を終えてシンガポールの子会社に転籍した頃から、サラリーマン社会の競争意識から心が離れ、和らいだ。それ以降、仕事の形態や役職が変わるにつれて、新たな思いが胸に萌《も》えた。

「非力でも、人の役に立てたら本望だ。人生は学歴や資格で決まるのではない。人柄や未知の世界での経験と、そこで培われた本当の実力がものを言うのだ（それはすぐに分かる）」

人生は実に愉快だ。そしてやはり、いつも責任がある。これからも誠実で、正しく、友好的に、強く生きていきたい。若者も体と実力を鍛えておくべし！

「父さんは、いつまで働くつもり？　母さんが気の毒だ。お金なんか一銭も残さなくてよいから、二人が元気なうちに母さんの行きたいところへ連れていってあげてほしい。どうしても働くなら、自分で飯を作りバスで通えばいい」

そう、最近も子供たちに叱られた。

「会社には、辞めますと言えばよい」とも言われたが、仕事の現況を見ると、そうは言いだせない。退職したら趣味と社会貢献で暮らしたい思いはあるのだが、もう少し状況を見たい。無為無策に日々を送れば人間誰しもボケてくると思うから、できるだけ働き続けていたいのが本音だ。それに対して、家内は「三年だけ我慢する」と言いだした。

そんなある日、家内が高校時代の同期会に参加して帰宅後、何を思ったか、

「私はおかげ様で幸せだと思ったわ」

と笑って言ってくれた。〝ご主人は人に頼まれて働く場所があり頑張っているなら、老化防止のためにもそのほうがよい。自宅でゴロゴロし始めたら大変だ〟と言われたらしい。

これは正直、嬉しかった。家内と夫婦になり、子供たちを育て上げ、良い両親、兄弟姉妹、友人、知人、仕事にも恵まれて人生を満喫、こんな果報者は世に少ないといつも感じる。全てのことに感謝し、これからも末永く家内と元気に生きていけるよう祈念せずにはいられない。

おわりに

日本人としてはいささか変わった人生行路を経て、私は今もサラリーマンを続けている。この歳になっても仕事やプライベートで毎月のように海外へ飛ぶ生活を続けていて、家内には申し訳ないが、できる限りは社会に役立っていたい。世に生を得て越し方七十六年、家内と共に喜びも悲しみも幾年月、実に数多くの出会いや、嬉しいこと、辛かったこと、厳しかったこと、忘れ得ないことを経験した。

北海道の開拓者精神をＤＮＡに持つためか、危険な場所へ出向くことが多く、どこでもパイオニア（先駆者）になる人生だった。それはそれでかなり面白かったが、生きる道としては紆余曲折が大きく、実に厳しかった。

私の父は生前、「人生は戦いだ、額に汗して働け」ということを、よく言っていた。

私自身にも困難は多々あった。嫌なことも一杯あった。なぜ自分がこんな目に遭うのかと毎度思いながら戦って乗り越えてきた。道産子の底力でピンチに負けず、諦めなかった。

そんな自分が、とくに未来を担う若い人に伝えたいメッセージは、

「人生を充実させるには、いつでも自分の意見を持ち、夢や希望を抱いて健気《けなげ》に生きることが肝心」

ということである。何より重要なのは、高い目的を掲げ、それに向かって前進しようと努力を続けること。それでこそ充実した人生が拓ける。皆さんの輝かしい未来とよき人生行路へ、心からエールを贈りたい。

人生は Be ambitious!!　そして Enjoy your life & time for your global great Dream!!!

また、今年は千年に一度〔出生西暦＋年齢＝二〇一九〕年となり、世界中の人が同じ歳になる。こんな記念すべき年に出版を迎えられることが猶嬉しい。

最後に、自分がこれまで生きてこられたのは家内をはじめ両親の支えがあったこと、良い上司、先輩、友人、知人、兄弟ら多くの理解者に恵まれたと共に、さまざまな幸運が味方してくれたおかげで、ありがたさを実感してならない。改めて心より感謝の言葉を申し上げたい。

書籍化にあたって、文芸社のご支援に対してもお礼を述べたい。

そして何より、読者の皆様、ご拝読に感謝いたします!!

令和世代への期待

自らをグローバル化、夢と高い標《しるべ》に向けて誠実に挑戦せよ！

Be ambitious globally towards your dream & incredible target in truthful !

著者プロフィール

古川 貫太郎（ふるかわ かんたろう）

東京都に生まれ、戦争疎開のため新潟を経由し函館へ。北の大地で育つ。総合商社勤務を経て、東南アジア子会社社長を務める。その後、大手エンジニアリング企業、英国フォスタウィーラー＆日本エンジニアリング企業のオマーン合弁企業、JICA(国際協力機構)、南太平洋国政府機関（投資促進庁）の技術顧問、外務省直轄国際機関“太平洋諸島センター”所長を歴任。現在は、中小企業4社の顧問で奉職中。

夢と希望の路 ～令和世代にこそ日本の春を期して～

2019年12月15日 初版第1刷発行

著 者 古川 貫太郎
発行者 瓜谷 綱延
発行所 株式会社文芸社
〒160-0022 東京都新宿区新宿1－10－1
電話 03-5369-3060（代表）
03-5369-2299（販売）

印刷所 株式会社晃陽社

ISBN978-4-286-20960-9